Amor – eu digo ....

....

....

....

....

....

Carlos Drummond de Andrade

DECLARAÇÃO DE AMOR

Canção de namorados

Organização de
Pedro Augusto Graña Drummond,
Luis Mauricio Graña Drummond
e Edmílson Caminha

Ilustrações de
Mariana Massarani

nova edição revista e ampliada

EDITORA RECORD
RIO DE JANEIRO • SÃO PAULO
2024

ORGANIZAÇÃO
Pedro Augusto Graña Drummond,
Luis Mauricio Graña Drummond
e Edmílson Caminha

FIXAÇÃO DE TEXTO
Edmílson Caminha

ILUSTRAÇÕES
Mariana Massarani

DESIGN DE CAPA
Juliana Misumi

CIP-BRASIL. CATALOGAÇÃO NA PUBLICAÇÃO
SINDICATO NACIONAL DOS EDITORES DE LIVROS, RJ

A566d
10. ed.

Andrade, Carlos Drummond de, 1902-1987
Declaração de amor : canção de namorados / Carlos Drummond de Andrade ; organização Luis Mauricio Graña Drummond, Pedro Augusto Graña Drummond, Edmílson Caminha ; [ilustração Mariana Massarani]. - 10. ed. - Rio de Janeiro : Record, 2024.

ISBN 978-85-01-92019-5

1. Poesia brasileira. I. Drummond, Luis Mauricio Graña. II. Drummond, Pedro Augusto Graña. III. Caminha, Edmílson. IV. Massarani, Mariana. V. Título.

24-87946 CDD: 869.1
CDU: 82-1(81)

Gabriela Faray Ferreira Lopes - Bibliotecária - CRB-7/6643

Texto revisado segundo o Acordo Ortográfico da Língua Portuguesa de 1990.

Impresso no Brasil

ISBN 978-85-01-92019-5

Sumário

Apresentação

"*Que pode uma criatura senão, / entre criaturas, amar?*", pergunta Carlos Drummond de Andrade em um poema desta coletânea organizada por dois dos seus netos, Luis Mauricio Graña Drummond e Pedro Augusto Graña Drummond. Aqui, o amor não é tema abstrato, sonho, fantasia, mas atração plena de libido, de desejo, de pulsão de vida. Um dos maiores nomes da literatura mundial no século XX, o poeta não derrapa na pieguice, no melodrama, no apelo à emoção, mas cria versos que encantam o leitor pela riqueza humana, pela força dos sentimentos e pelo apuro da forma.

Lançado pela Editora Record em 2005, *Declaração de amor* volta às livrarias nesta nova edição – que tenho a honra de partilhar, como co-organizador, com Luis Mauricio e Pedro Augusto –, a que se acrescentam seis poemas do livro *Poesia errante*: "A essa altura da vida", "Amor – eu digo", "Canção de namorados", "Nossa história de amor", "Papinho lírico no Dia dos Namorados" e "Quero sentir". Declarações amorosas que nos fazem concordar com Drummond, quando escreveu: "*Amor é primo da morte, / e da morte vencedor, / por mais que o matem (e matam) / a cada instante de amor.*"

Edmílson Caminha

Brasília, primavera de 2023

Dai-me, Senhor, assistência técnica
para eu falar aos namorados do Brasil.
Será que namorado escuta alguém?
Adianta falar a namorados?
E será que tenho coisas a dizer-lhes
que eles não saibam, eles que transformam
a sabedoria universal em divino esquecimento?

A GENTE SEMPRE SE AMANDO

A gente sempre se amando
nem vê o tempo passar.
O amor vai-nos ensinando
que é sempre tempo de amar.

AS SEM-RAZÕES DO AMOR

Eu te amo porque te amo.
Não precisas ser amante,
e nem sempre sabes sê-lo.
Eu te amo porque te amo.
Amor é estado de graça
e com amor não se paga.

Amor é dado de graça,
é semeado no vento,
na cachoeira, no eclipse.
Amor foge a dicionários
e a regulamentos vários.

Eu te amo porque não amo
bastante ou demais a mim.
Porque amor não se troca,
não se conjuga nem se ama.
Porque amor é amor a nada,
feliz e forte em si mesmo.

Amor é primo da morte,
e da morte vencedor,
por mais que o matem (e matam)
a cada instante de amor.

QUERO

Quero que todos os dias do ano
todos os dias da vida
de meia em meia hora
de 5 em 5 minutos
me digas: Eu te amo.

Ouvindo-te dizer: Eu te amo,
creio, no momento, que sou amado.
No momento anterior
e no seguinte,
como sabê-lo?

Quero que me repitas até a exaustão
que me amas que me amas que me amas.
Do contrário evapora-se a amação,
pois ao dizer: Eu te amo,
desmentes
apagas
teu amor por mim.

Exijo de ti o perene comunicado.
Não exijo senão isto,
isto sempre, isto cada vez mais.

Quero ser amado por e em tua palavra
nem sei de outra maneira a não ser esta
de reconhecer o dom amoroso,
a perfeita maneira de saber-se amado:
amor na raiz da palavra
e na sua emissão,

amor
saltando da língua nacional,
amor
feito som
vibração espacial.

No momento em que não me dizes:
Eu te amo,
inexoravelmente sei
que deixaste de amar-me,
que nunca me amaste antes.

Se não me disseres urgente repetido
Eu te amoamoamoamoamo,
verdade fulminante que acabas de desentranhar,
eu me precipito no caos,
essa coleção de objetos de não-amor.

O DIA DOS NAMORADOS

O Dia dos Namorados
para mim é todo dia
Não tenho dias marcados
para te amar noite e dia.

O dia 12 de junho,
como qualquer outro, diz
(e disso dou testemunho)
que contigo sou feliz.

BALADA DO AMOR ATRAVÉS DAS IDADES

Eu te gosto, você me gosta
desde tempos imemoriais.
Eu era grego, você troiana,
troiana mas não Helena.
Saí do cavalo de pau
para matar seu irmão.
Matei, brigamos, morremos.

Virei soldado romano,
perseguidor de cristãos.
Na porta da catacumba
encontrei-te novamente.

Mas quando vi você nua
caída na areia do circo
e o leão que vinha vindo,
dei um pulo desesperado
e o leão comeu nós dois.

Depois fui pirata mouro,
flagelo da Tripolitânia.
Toquei fogo na fragata
onde você se escondia
da fúria de meu bergantim.
Mas quando ia te pegar
e te fazer minha escrava,
você fez o sinal da cruz
e rasgou o peito a punhal...
Me suicidei também.

Depois (tempos mais amenos)
fui cortesão de Versailles,
espirituoso e devasso.
Você cismou de ser freira...
Pulei muro de convento
mas complicações políticas
nos levaram à guilhotina.

Hoje sou moço moderno,
remo, pulo, danço, boxo,
tenho dinheiro no banco.
Você é uma loura notável,
boxa, dança, pula, rema.
Seu pai é que não faz gosto.
Mas depois de mil peripécias,
eu, herói da Paramount,
te abraço, beijo e casamos.

QUERO ME CASAR

Quero me casar
na noite na rua
no mar ou no céu
quero me casar.

Procuro uma noiva
loura morena
preta ou azul
uma noiva verde
uma noiva no ar
como um passarinho.

Depressa, que o amor
não pode esperar!

AMAR

Que pode uma criatura senão,
entre criaturas, amar?
amar e esquecer,
amar e malamar,
amar, desamar, amar?
sempre, e até de olhos vidrados, amar?

Que pode, pergunto, o ser amoroso,
sozinho, em rotação universal, senão
rodar também, e amar?
amar o que o mar traz à praia,
o que ele sepulta, e o que, na brisa marinha,
é sal, ou precisão de amor, ou simples ânsia?

Amar solenemente as palmas do deserto,
o que é entrega ou adoração expectante,
e amar o inóspito, o áspero,
um vaso sem flor, um chão de ferro,
e o peito inerte, e a rua vista em sonho, e uma ave de rapina.

Este o nosso destino: amor sem conta,
distribuído pelas coisas pérfidas ou nulas,
doação ilimitada a uma completa ingratidão,
e na concha vazia do amor a procura medrosa,
paciente, de mais e mais amor.

Amar a nossa falta mesma de amor, e na secura nossa
amar a água implícita, e o beijo tácito, e a sede infinita.

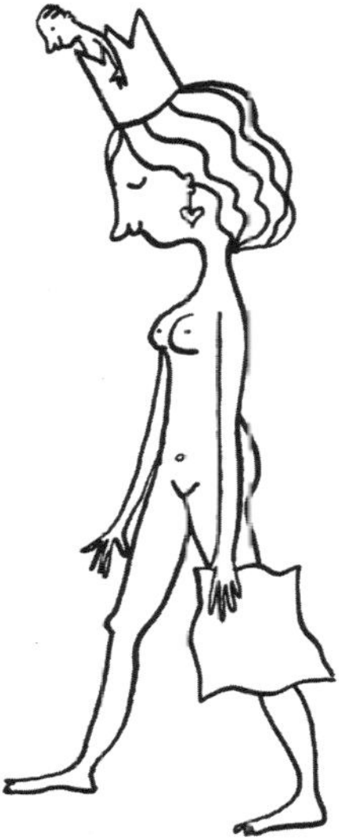

LEMBRETE

Se procurar bem, você acaba encontrando
não a explicação (duvidosa) da vida,
mas a poesia (inexplicável) da vida.

AUSÊNCIA

Subir ao Pico do Amor
e lá em cima
sentir presença de amor.

No Pico do Amor amor não está.
Reina serenidade de nuvens
sussurrando ao coração: Que importa?

Lá embaixo, talvez, amor está,
em lagoa decerto, em grota funda.
Ou? mais encoberto ainda, onde se refugiam
coisas que não são, e tremem de vir a ser.

TOADA DO AMOR

E o amor sempre nessa toada:
briga perdoa perdoa briga.
Não se deve xingar a vida,
a gente vive, depois esquece.
Só o amor volta para brigar,
para perdoar,
amor cachorro bandido trem.

Mas, se não fosse ele, também
que graça que a vida tinha?

Mariquita, dá cá o pito,
no teu pito está o infinito.

RECEITA PARA NÃO ENGORDAR SEM NECESSIDADE DE INGERIR ARROZ INTEGRAL E CHÁ DE JASMIM

Pratique o amor integral
uma vez por dia
desde a aurora matinal
até a hora em que o mocho espia.

Não perca um minuto só
neste regime sensacional.
Pois a vida é um sonho e, se tudo é pó,
que seja pó de amor integral.

O CHÃO É CAMA

O chão é cama para o amor urgente,
amor que não espera ir para a cama.
Sobre tapete ou duro piso, a gente
compõe de corpo e corpo a úmida trama.

E, para repousar do amor, vamos à cama.

DESTRUIÇÃO

Os amantes se amam cruelmente
e com se amarem tanto não se veem.
Um se beija no outro, refletido.
Dois amantes que são? Dois inimigos.

Amantes são meninos estragados
pelo mimo de amar: e não percebem
quanto se pulverizam no enlaçar-se,
e como o que era mundo volve a nada.

Nada, ninguém. Amor, puro fantasma
que os passeia de leve, assim a cobra
se imprime na lembrança de seu trilho.

E eles quedam mordidos para sempre.
Deixaram de existir, mas o existido
continua a doer eternamente.

PORQUE

Amor meu, minhas penas, meu delírio,
aonde quer que vás, irá contigo
meu corpo, mais que um corpo, irá um'alma,
sabendo embora ser perdido intento

o de cingir-se forte de tal modo
que, desde então se misturando as partes,
resultaria o mais perfeito andrógino
nunca citado em lendas e cimélios.

Amor meu, punhal meu, fera miragem
consubstanciada em vulto feminino,
por que não me libertas de teu jugo,
por que não me convertes em rochedo,

por que não me eliminas do sistema
dos humanos prostrados, miseráveis,
por que preferes doer-me como chaga
e fazer dessa chaga meu prazer?

AMOR

O ser busca o outro ser, e ao conhecê-lo
acha a razão de ser, já dividido.
São dois em um: amor, sublime selo
que à vida imprime cor, graça e sentido.

*

"Amor" – eu disse – e floriu uma rosa
embalsamando a tarde melodiosa
no canto mais oculto do jardim,
mas seu perfume não chegou a mim.

A ESSA ALTURA DA VIDA

A essa altura da vida
– ou melhor, nessa baixada –,
continuo comovido,
continuo enamorado.

Beijo Lio, a namorada,
por ser meu ente querido.
(Continua apaixonada
minh'alma, de amor vencida.)

AMOR – EU DIGO

Amor – eu digo. E Lyo responde – Amor.
Mas às vezes nem isto. O duplo olhar,
em silêncio, repete com fervor
toda a declinação do verbo amar.

CANÇÃO DE NAMORADOS

Oi, era uma vez
uma garotinha
de meia soquete
e saia xadrez.

Ai, era uma vez
um poeta magriço
de cara de pau,
metido a escocês.

Ui, supergamado
pela garotinha,
nosso vate exclama:
– Calma, que esta é minha!

Ei, daí por diante
– delícia completa –
seguem abraçados
garotinha e poeta.

NOSSA HISTÓRIA DE AMOR

Nossa história de amor, com algumas trovoadas
e muito espaço azul em vinte e sete anos,
pediria talvez rimances e baladas
ou suaves canções de timbres verlainianos.

Mas prefiro contá-la ao jeito meu, mineiro,
no silêncio da voz, no êxtase do olhar,
pois afinal o amor, quando bem verdadeiro,
é música em si mesmo, e poesia sem par.

PAPINHO LÍRICO NO DIA DOS NAMORADOS

Dá licença?
Quero ser namorado a vida inteira.
pois tenho uma reserva imensa
de ternurinhas e meninice arteira.

Quero brincar como nos primeiros dias
de namoreco sem declaração.
Curtir as pequeninas alegrias
como quem não quer nada de novo não
(mas quer,
pois o homem não é mais simples que a mulher).

Pegar, é claro, nos teus dedos
só para ver como reagem
e, achando graça nos teus falsos medos,
murmurar: Coragem!

Fingir que me esqueci do combinado
no parque, para ver se sentes falta
de mim
e surgir da moita de capim,
com a minha calva luzidia e alta,
dizendo: Que engraçado!
Mas você por aqui, meu alfenim?

Ou me esconder atrás da porta,
miando que nem gato,
e continuar miando, já reconhecido,
a fazer o estranhíssimo relato
de que uma fada torta
me transformou num bicho assim todo encolhido.

Quero te dar bombons, e logo após
– o lalá! ora veja! –
pedir que me passes a cereja
de boca a boca: é mais gostosa
se a trincarmos a sós
enquanto os dedos vão tecendo
uma carícia lenta e silenciosa,
e tão eletrizante que só vendo.

Y otras cositas más que nem te conto,
ó minha sempre namorada,
mas decerto adivinhas este conto,
o mesmo de antes e a cada hora diferente
assim como é a gente
que se ama de antigo amor presente
e não se cansa e nem se vai cansar
de um certo suaviardente, antigo e encantador
namoramor.

QUERO SENTIR

Quero sentir tua mão amiga,
junto da minha no prazer, na dor.
Assim, mesmo entoada a última cantiga,
um som há de restar do nosso amor.

QUE FIQUES BOA DEPRESSA

Que fiques boa depressa
de alegria ou qualquer dor,
mas que nunca sares dessa
doença de amar-me, Amor!

PORQUE MEU BEM FAZ ANINHOS

Porque meu bem faz aninhos
um raio de sol dourado
entrelaçou mil carinhos
pelo céu, de lado a lado.

Um ramo de beijos ternos
balançava sobre os ninhos
entre miosótis eternos
porque meu bem faz aninhos.

Porque meu bem faz aninhos
o rei, o valete, a sota
mais a fada e os anõezinhos

dançaram samba e gavota
A nuvem mais cor-de-rosa
enfeitou-se de gatinhos
de bigode à Rui Barbosa
porque meu bem faz aninhos.

Porque meu bem faz aninhos,
eu ganhei um chocolate
que tinha sete gostinhos,
todos do melhor quilate.

Hoje eu brinco, pulo, canto,
assim como os passarinhos,
e mais eu canto me encanto
porque meu bem faz aninhos.

RELOGINHO, RELOGINHO

Reloginho, reloginho,
embora apenas suplente,
bate bate direitinho,
bate bem rapidamente
a hora de meu bem chegar.
Mas se é hora de partir,
atrasa o mais que puderes
e não deixes nunca ir
a mais doce das mulheres.

Reloginho, compreendido?
Sempre teu, agradecido.

OS NOMES DA AMADA

Alô, minha rosácea,
minha flor de lótus,
minha rainha dos jardins suspensos
de Alexandria,
meu raio de sol da madrugada,
meu nenúfar em lago de ternura,
alô, meu bem, minha coisinha louca!

É assim que de manhã ou tarde-noite
eu costumo chamá-la. E a cada nome novo
ela sorri e diz que está guardando
na agenda ou no caderninho da memória
esses doces epítetos do amor.

Sou poeta (serei?) e tenho obrigação
de inventar novas formas de carinho,
mas, por mais que invente, nunca inventarei
a forma ideal de dizer que a amo
tanto tanto tanto tanto tanto tanto
que não cabe nas palavras nem nos lábios.

ENTRE O SER E AS COISAS

Onda e amor, onde amor, ando indagando
ao largo vento e à rocha imperativa,
e a tudo me arremesso, nesse quando
amanhece frescor de coisa viva.

Às almas, não, as almas vão pairando,
e, esquecendo a lição que já se esquiva,
tornam amor humor, e vago e brando
o que é de natureza corrosiva.

N'água e na pedra amor deixa gravados
seus hieróglifos e mensagens, suas
verdades mais secretas e mais nuas.

E nem os elementos encantados
sabem do amor que os punge e que é, pungindo,
uma fogueira a arder no dia findo.

O MUNDO É GRANDE

O mundo é grande e cabe
nesta janela sobre o mar.
O mar é grande e cabe
na cama e no colchão de amar.
O amor é grande e cabe
no breve espaço de beijar.

O QUARTO EM DESORDEM

Na curva perigosa dos cinquenta
derrapei neste amor. Que dor! que pétala
sensível e secreta me atormenta
e me provoca à síntese da flor

que não se sabe como é feita: amor,
na quinta-essência da palavra, e mudo
de natural silêncio já não cabe
em tanto gesto de colher e amar

a nuvem que de ambígua se dilui
nesse objeto mais vago do que nuvem
e mais defeso, corpo! corpo, corpo,

verdade tão final, sede tão vária,
e esse cavalo solto pela cama,
a passear o peito de quem ama.

A COMPANHEIRA

A companheira
da vida inteira,
que a meu lado
une o passado
ao novo dia
em harmonia,
a sempre forte
e meu suporte
quando vacilo,
porte tranquilo,
voz de carinho
no meu caminho,

leal, paciente
constantemente,
simples, discreta
força do poeta,
quero-a no instante
final – constante
com sua mão
acarinhando
em gesto brando
meu coração.

O AMOR ANTIGO

O amor antigo vive de si mesmo,
não de cultivo alheio ou de presença.
Nada exige nem pede. Nada espera,
mas do destino vão nega a sentença.

O amor antigo tem raízes fundas,
feitas de sofrimento e de beleza.
Por aquelas mergulha no infinito,
e por estas suplanta a natureza.

Se em toda parte o tempo desmorona
aquilo que foi grande e deslumbrante,
o antigo amor, porém, nunca fenece
e a cada dia surge mais amante.

Mais ardente, mas pobre de esperança.
Mais triste? Não. Ele venceu a dor,
e resplandece no seu canto obscuro,
tanto mais velho quanto mais amor.

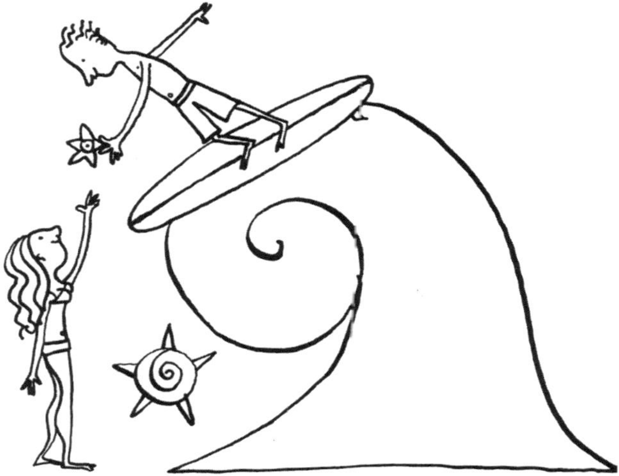

ESSE LONGO CAMINHO

Esse longo caminho percorrido
lado a lado, nos bons e maus momentos,
faz de nós dois um ser unificado
pelos mais fundos, ternos sentimentos.

AMOR E SEU TEMPO

Amor é privilégio de maduros
estendidos na mais estreita cama,
que se torna a mais larga e mais relvosa,
roçando, em cada poro, o céu do corpo.

É isto, amor: o ganho não previsto,
o prêmio subterrâneo e coruscante,
leitura de relâmpago cifrado,
que, decifrado, nada mais existe

valendo a pena e o preço do terrestre,
salvo o minuto de ouro no relógio
minúsculo, vibrando no crepúsculo.

Amor é o que se aprende no limite,
depois de se arquivar toda ciência
herdada, ouvida. Amor começa tarde.

DECLARAÇÃO DE AMOR

Minha flor minha flor minha flor. Minha prímula meu pelargônio meu gladíolo meu botão-de-ouro. Minha peônia. Minha cinerária minha calêndula minha boca-de-leão. Minha gérbera. Minha clívia. Meu cimbídio. Flor flor flor. Floramarílis. Floreanêmona. Florazálea. Clematite minha. Catleia delfínio estrelítzia. Minha hortensegerânea. Ah, meu nenúfar. Rododendro e crisântemo e junquilho meus. Meu ciclâmen. Macieira-minha-do-japão. Calceolária minha. Daliabegônia minha. Forsitiaíris tuliparrosa minhas. Violeta... Amor-mais-que-perfeito. Minha urze. Meu cravo-pessoal-de-defunto. Minha corola sem cor e nome no chão de minha morte.

ALÉM DA TERRA, ALÉM DO CÉU

Além da Terra, além do Céu,
no trampolim do sem-fim das estrelas,
no rastro dos astros,
na magnólia das nebulosas.
Além, muito além do sistema solar,
até onde alcançam o pensamento e o coração,
vamos!
vamos conjugar
o verbo fundamental essencial,
o verbo transcendente, acima das gramáticas
e do medo e da moeda e da política,
o verbo sempreamar,
o verbo pluriamar,
razão de ser e de viver.

FONTES

Os namorados do Brasil (trecho, epígrafe), *in Discurso de primavera e algumas sombras*

A gente sempre se amando, *in Poesia errante*

As sem-razões do amor, *in Corpo*

Quero, *in As impurezas do branco*

O dia dos namorados, *in Poesia errante*

Balada do amor através das idades, *in Alguma poesia*

Quero me casar, *in Alguma poesia*

Amar, *in Claro enigma*

Lembrete, *in Corpo*

Ausência, *in Boitempo I: menino antigo*

Toada do amor, *in Alguma poesia*

Receita para não engordar sem necessidade de ingerir arroz integral e chá de jasmim, *in Poesia errante*

O chão é cama, *in O amor natural*

Destruição, *in Lição de coisas*

Porque, *in Farewell*

Amor, *in Amar se aprende amando*

A essa altura da vida, *in Poesia errante*

Amor – eu digo, *in Poesia errante*

Canção de namorados, *in Poesia errante*

Nossa história de amor, *in Poesia errante*

Papinho lírico no Dia dos Namorados, *in Poesia errante*

Quero sentir, *in Poesia errante*

Que fiques boa depressa, *in Poesia errante*

Porque meu bem faz aninhos, *in Poesia errante*

Reloginho, reloginho, *in Poesia errante*

Os nomes da amada, *in Poesia errante*

Entre o ser e as coisas, *in Claro enigma*

O mundo é grande, *in Amar se aprende amando*

O quarto em desordem, *in Fazendeiro do ar*

A companheira, *in Poesia errante*

O amor antigo, *in Amar se aprende amando*

Esse longo caminho, *in Poesia errante*

Amor e seu tempo, *in As impurezas do branco*

Declaração de amor, *in A paixão medida*

Além da terra, além do céu, *in Amar se aprende amando*

Quero (trecho, quarta capa), *in As impurezas do branco*

Este livro foi composto na tipografia
Blacker Text, em corpo 10,5/15,8,
e impresso em papel off-set 90 g/m²
na Gráfica Cromosete.